KB268999

문(門)

문(門)
김광회 시집

초판 인쇄 | 2006년 10월 15일
초판 발행 | 2006년 10월 20일

지은이 | 김광회
펴낸이 | 신현운
펴는곳 | 연인M&B
디자인 | 이희정
기 획 | 여인화
등 록 | 2000년 3월 7일 제2-3037호
주 소 | 143-874 서울특별시 광진구 자양동 680-25호 (2층)
전 화 | (02)455-3987, 3437-5975 팩스 | (02)3437-5975
홈주소 | www.연인mnb.com / www.yeoninmb.co.kr
이메일 | yeonin7@chol.com

값 10,000원

ISBN 89-89154-65-0 03810

김광회 시집 **문(門)**

| 머리말 |

근년 작품들로 이 시집을 꾸몄다.

61편 중 41편의 소재는 '문'인데, 눈에 보이는 조형물인 문과 마음으로 살피는 추상적인 문을 섞어 절반씩 담았다. 그 동안 발표한 작품 '문'은 연작시 형태로 일련 번호를 붙였지만, 그 숫자에 별 의미가 없다고 생각되어 이번엔 뺐으며, 조형물인 문의 소재지는 편집상 따로 뒤쪽에 한데 묶었다.

앞으로 내게 남은 시간이 얼마나 될지…… 문학의 길에서 천성대로 소걸음으로 여기까지 오고 보니, 문득 어떤 한계선에 닿은 듯 아쉽고 답답하다. 하지만 진작 문을 나선 걸음이니 초심으로 돌아가, 앞으로 또 나가야겠다.

표지 제자를 써 주신 서예가 금헌 석진원 선생님과 책을 잘 만들어 주신 연인M&B의 시인 신현운 사장님과 편집진에게 감사의 인사를 드린다.

2006년 10월 1일

일주 김광회

| 차례 |

2. 숭례문

3. 문 없는 문

4. 나제통문

5. 문을 위하여

6. 조금만 갖고 가면 어떨까

| 보기 |
조형물 소재지

1
사계절의 노래

사계절의 노래

봄날은 문득 멋들은 건망중
새 출발을 잊고 꽃구경에 취했지.

더위로 부끄러움 삭았나
여름날은 핏빛 풍경 다 벗었네.

늦가을은 열매들의 잔치 뒤뜰
드러난 목숨에 소슬바람이.

지난 여름에 봤지
너와 나 처음은 젖빨이 동물
겨울에 다시 보니
우리는 역시 뉘우쳐야 만물의 영장.

우리는 임자로 산다

서로 주고받는
열매는 구슬
나무는 알몸
물고기는 유선형
새는 날개……
모가 난 우리 이 짜임에
꿈 하나 얹으니
꽃은 백 년 향기
뿌리는 깊고 깊은 천 년 샘
받은 목숨들 한데서
저마다 제 일 다하는
양지 풍경도 눈여겨보면
실상은 아픈 몸놀림
바람 하나 더하니
강물은 굽이가도
그래도 바다를 찾고
우리는 어려워도
여기서 임자로 산다.

오늘의 날씨

"고기압의 영향으로 전국이 대체로 맑겠다.
아침 최저 −6~3도, 낮 최고 7~13도
바다 물결은 진 해상에서 0.5~1.5m로
낮게 일겠다." (2006년 2월 00일 00일보)

달에서 나온 토끼 호랑이 기운 넘쳐
다달은 동북아 온대 한반도
바다 3면 물뭍 궁합 맞고
백두대간 가지친 산야에
오늘도 불타는 태양
지구가 더위 먹어
3한 4온 추억만 두고 가나
겹겹 지층 시루 위 우리 혼 깃들고
일찍이 우리대로 문화의 꽃밭
고향 장날 시들고
이웃 삶터 군데군데 그늘 있지만
오직 미래로 달리는 조국
사람은 가까워도 하늘은 먼가
오늘의 날씨여 체온이여
날로 달로 짙푸르게 동화작용을.

어제의 우리 흉터여

짚신으로 날마다
샛별을 지고 달려가도,

사립문마다 밀려들던
보릿고개 또 고개.

오늘도 살아남아
거울로 비치는
핏물 밴 어제의 우리 흉터여,

나랏님도 못 넘긴 일
가난 거기 말고도
그늘진 고개마다
다른 넉넉함도 있었는데,

지나갔다고
이만큼 왔다고
모두 잊어도 되나.

우리 모두 이겨야지

오늘은 어제를
내일은 오늘을 딛고 넘어
태양아 한 번 더 이겨야지
후배는 선배를
제자는 스승을
모든 씨앗은 열매를 이겨야지.

우리 사는 세상에
큰 힘의 흐름은 겨룸
지고 이기며
역사를 길러내는
거룩한 되풀이 송구영신.

아랫물은 내일의 윗물
노여움은 재워 그리움으로
그리움은 거듭 새 바람으로
우리 모두 이겨야지
목숨의 보람
우주의 속마음도 그것 아닐까.

지구는 동그라미

한 발 물러서면
세모도 네모꼴도 모난 데 다듬어지고
가시들 부끄러워
평온 평지 되는가.

꿈은 멀어도 가슴은 가까워
믿음은 기적의 날개
빈 자리를 채워 주기로
덜 익은 풋내야 성장의 숨결
버리고 떠난 주검도
다시 돌아올 밀알인 것을.

꽃이 피는 까닭도
바다로 가는 강물도 이치야 하나
함께 동그랗게 익으라고
바람 잦아도 지구는 동그라미
큰 틀 우주의 열매 아닌가.

목숨 끝 자락

손톱과 머리칼로
시간을 깎아 내니.

세월로 쌓여 가는
발자국마다 낙엽 더미.

제법 핏기운 돌던
꿈밭도 더러 가꿨던가.

사연만 있고 별 이름이 없어
시들한 잎 무덤
헛배만 불러.

저승에 가도 자란다는
손톱과 머리칼
목숨 끝 자락은 무슨 꽃인가.

입에 쓴 양약

조금 시들면 향기 더하고
조금 상하면 맛 색다르고
조금 빛 바래서 정이 더하니
태어날 때 얻은
미완성의 허기짐이랑
때때로 오고 가는
몸과 마음 몸살 기운도
입에는 써도
어쩌면 고마운 양약 아닐까.

장미만 꽃이더니

한때는 장미만 꽃이더니
이제는 꽃이면 모두 장미다.

사람도 눈만 예뻐도
귀만 잘나도 꽃
몸보다 마음이면 더 꽃이니.

부분에서 전체를 보고
겉에서 속을 보는
조금은 눈뜸이여.

사람들의 터
늘 땀과 눈물 맛봐서인가
아직도 메마른 풀밭이지만,

내가 먼저 꽃이 되고
저마다 잘 하면
우리 먼 꿈도 거기
꽃밭 세상 아닐까.

평지에서

어제는 근시
오늘은 원시로 오고 가도
하늘빛으로는
살지 못하지만,

길에서는
자주 어긋나는
제 소리뿐
맑은 물 소리로
노래는 못 부르지만,

흙보다 금과 은이
때때로 금빛이라
맹물의 맛은
안 당기지만,

게다가 불을 붙여도
바람에 자주 꺼져
뉘우침의 그늘이기로,

세상일 안 되어
섭섭할수록
평온의 숨결로 이어
애써 평지를 간다.

2
숭례문

숭례문

말과 꽃가마로
보다 더 짚신으로 다한 솜씨
오백 실 조선 걸음
몸에 익힌 보람 또 하나는
동방예의지국.

울타리는 버려도
지켜 온 엄지 대문
먼 데서는 묵직한 어울림
가까이 눈과 귀 대니
속마음은 용틀임
못 잊나 덜 아문 딱지도.

철벽이 아니라도
음양 맞은 자리
겹날개 시공 떠받드니
어제는 또한 오늘의 얼굴
선비여 우리 것 먼저
그리고 문 밖을 보자.

독립문

백 리 길도 험난한 나라 목숨
5천 살 강물 어찌 다 푸르랴
북쪽 눈보라 남쪽 태풍에
힘 잃음 더는 안 돼
"자주요, 자강이요, 사람마다 인권이요."
울음 한바탕
늦었지만 다시는 졸지 말자고
"자주요, 자강이요, 인권이요."
듣는가, 보는가, 와서 만져 보는가
강물 다시 물결 일어
만세 3·1 만세, 해방 만세……
오, 핏줄 하나
앉아서는 천 년의 길잡이
서서는 만 년의 거울 되거라.

숯을대문

둥근 하늘 네모진 땅 위
문무 양반 아래 중인 살고
중인 아래 상인의 땀과 눈물이
상인 아래 사람 밖의 천인 엎드린
못박힌 팔자라
내려갈수록 절절 저린
굳은살 박힌 어깨
모르는 이 드물더니.

제 몸 수신 위에 제가 있고
제 집안 제가 위에 치국
나라 치국 위 평천하를
높고 귀한 선비들
회초리나 피하고
눈 감고 배웠는지
흩어진 흔적 다시 보니
아는 이 드물더라.

광화문

철궁과 장검 번쩍 옥새 건졌네
구중궁궐 말고 어느 곳간에 두랴.

조선 태조 이성계
마음 먹은 명당
아홉 겹 열두 대문 깊은 뜰에
황금 옥좌 둔 장방형 경복궁.

사방은 눈과 귀라
동에 건춘문, 서에 영추문
북에 신무문, 남에 광화문.

불 나면 끄고 금 가면 때워
큰 목숨도 손보기 나름
바다여 강을 탓하지 말게
여기는 6백 살 서울 궁궐.

등용문

비늘 딱지 툭툭 떨고
급류 폭포 거슬러 오르면
번갯불 번쩍 꽝
탄내 비린내 범벅 무지개 뜨고
주검들 등 위에 살아남은 잉어
떴나 한 마리 용 청룡 오르나
꿈꾸던 하늘 생시 됐나.

물은 낮은 데로 절로
사람은 높은 데로 억지로 위로
시간만 보배 걸음만 밑천인가
오직 한 길 미쳐 버리면
어지러운 금자탑
9부 턱밑도 쓸모 없다니
됐지 마무리 문이라면
땅에서 보면 거기가 하늘인데
하늘에 오르니 다시 땅이 됐다고?

우주문

그는 늘 문 하나 열어 놓고
아직도 대답이 없어……
다만 어둡지 않게 춥지도 않게
낮에는 해
밤에는 달과 별떼로
영원을 꾸미고
되묻고 있어……
만물은 저마다 임자
임자 중 임자에게
길 하나 열어 놓고
기다리고 있어……

만세문

잊지 말자고
조선 고종 즉위 40년
아는 이 드물어도
친경기념비
비각 앞문 만세문.

병 깊은 왕국
거듭나니 대한제국
잊지 말자고
새 나라 생일 만세.

목숨의 샘은
어쩌면 배꼽
여기는 나라 중심 기점
잊지 말자고
국토 이정표도
우리 강산 만만세.

충의문

눈 감고 보고 눈 뜨고 다시 보자
자식들의 어버이
겨레의 충무공 여기 계시다.

깨지고 무너진 그 날이여
아니 땐 굴뚝에서
어찌 연기 날까.

온몸을 던져도
상보다 먼저 형벌이더니
동방의 큰 별을 지게 한
조국은 영원한 제단.

그래서 더욱 짙은
역사의 향기여
어제에 이어 내일의 큰 길로.

정문(홍문)

지나가는 옷깃이여
마을마다 수호신
장승 힌 쌍 봤나
돌무더기 서낭당도 봤나.

마을 입구나 집 앞
핏빛 정문
외로운 문패 읽어 봤나.

충신과 효자 열녀들이
스스로 꽃피운 붉은 단심
무심한 바람결 아닌
길손이여 잊은 것 없나.

섬기기 다한
문득 서러운 우리 가락
한 번 보고 듣지 않겠나.

금정산성 동문

산이 베푼 정
산성이 되갚아
초목들은 산으로
돌뎅이는 성곽으로 거듭나.

한몸 된 사이사이
멧비둘기 구구대고
쌍불로 눈뜬 방패
어쩌다가 여기가 최전방 되었나.

손님 가려 맞기 여러 해
산 아래 저 현해탄 너머
아직도 이웃은 차디찬 안개
산도 성도 사람도
주름살이 남았다.

3
문 없는 문

문 없는 문

어제는
꿈의 샘물에 목 젖은
어린 임자의 칭문.

언제부턴가
되려 꿈이 말라야
날바닥 만큼씩 두근대던 문.

이윽고
빛에 가려진 한쪽 풍경의 장님
눈 뜨기 전의 어떤 고행길.

이제는
그늘 덕에 철든 평온에
새삼 재생하는 문 안팎 세상.

마침내
돌이선 고향길에서
엿보는 문 없는 문.

자동문

손만 대면 여닫히고
소리에도 뛰고 날고.

상하는 흔들리고
좌우는 뒤바뀌고.

―그래도 꽃은 해마다

넉넉해서 그늘졌나
밤낮없는 신선놀음.

―그래도 강물은 흘러

살아서는 기계로 척척
내일은 삭는 고철인 것을.

―그리움의 샘이여

자동문 드나들며
날로 낯설어지는 세상.

미닫이

간밤 찾아온 선비는
달빛이었나
달빛 따라온
낙관 없는 매화 가지던가.

제 숨소리
그리도 큰 줄 몰라
발자국마저 거두고
어디로 물러났나.

빈 자리에 찾아온
오늘 낮 손님은
생기침 소리도
가얏고 가락도 아닌
초인종 소리.

미닫이 밖 저만치
세상은 잘도 달려
살아남은 우리 것 모두
또 숨이 가쁜가.

사직단 정문

뽐내는 문명의 불꽃이여
하늘의 뜻을 얼마나 잴 수 있겠나
땅의 속맛 또한
얼마나 가릴 수 있겠나.

하늘은 높혀야 더 높아지고
공들여야 땅은 기름지기로
제단 동쪽에 흙의 신
곡식의 신은 서쪽에
비 오면 측우기 가뭄엔 기우제로
조선 왕조 엎드리니
풍년 물고 터져.

농자는 사철 천하지대본
농본주의와 둘이 뻗은
숭유주의 푹 익은 열매
충과 효도 함께 천하지대본.

광희문

한 번 나가면
울먹임마저 돌아오지 못 하는
뒷문 시구문.

죽음도 태어남같이
여닫는 발걸음이라
헛살은 자취에도
요령 소리 얼마나 뒤따랐을까.

처음 문은 어머니
오가는 길은 달라도
절절한 노래 잠시.

살아서는 안 보이는 문이여
이승엔 이제 울음이 없다는 듯
날 개이고 기운 넘치고……

흥인지문

지키는 보람에 나날 밝아
지킴이 한양성 동쪽 대문
반달꼴 옹성 더한 중무장이라
반가위라 해와 달.

인간 오복은 샛별 날개 타고
들어온다 문 났다 들어오란다
나무 장사도 문방사우 선비도.

잠을 깬 한양은
이제 시간이 밑천
빈 자리 임자는 한 발 앞선
님들 또한 내일도.

문!?

높고 가파른 담벽을
앞에 세우고
그 곳 어딘가에
맨 처음 문을 둔
거룩한 손!
망설이다가
맨 처음 열고 나간
그 임자는?

문 밖에 안개 속에
마음 속 거울에도
길을 만들고
하면 된다며
그리로 가라 한
그 말씀!
꿈과 뜻 범벅이 되어
맨 처음 길을 떠난
그 사리는?

삼랑성 동문

먼동은 축복 하늘의 첫문
땅의 문에 하늘 이으니
불기둥 물기둥
솟는 기둥 쑥돌 큰 기둥.

시조 단군님 왕자 삼발이
정족산 삼랑성에 땀방울 묻으니
산과 바다 이웃 다투고
여기 영원한 민족의 성지.

산이 많아 산성으로
출입금지 금줄 걸고
두고두고 봉화 올렸지.

그날부터지 신화 자라고
그날부터지 내린 뿌리
이어이어 겨레의 바람.

문경 관문

문경새재 관문 1, 2, 3
고개 드니 한양 돌아보니 영남
구름도 바람도 쉬고 넘는 천리 길.

보일 듯 들릴 듯
땀과 눈물은 하나인가
장원도 꿈꾸던 풍운의 고개
어쩌다가 적침의 길목.

철령은 동북땅
자비령은 서북땅
문경새재는 중부 지킴이.

강산 결혈마다 뜸질하니
산마루에 흰 구름 둥실
적침은 이제 그만 이제 그만.

무소식은 희소식인가
그래도 믿지는 말자고
다시 오는 쉰 목소리.

교문

흙이 쌓인 봉수산 시내 그립고
물이 모인 무한천 산이 그리워
그리움의 배움터
고희 잔치 백수 꿈꾸더니.

문전 옥답에도 신장로 핏줄치자
둑 터진 젊음들 둑 터지고
홀로 허리 굽은 고향에
문패 빠진 묘비여
섭섭한 비바람 견딜 만한가.

풋내 씻던 샘 어찌하고
충남 예산 광시 보통학교
저런 폐교됐다네.

4
나제통문

나제통문

남남이더니 신라와 백제
수백 년 서로 진 빚 좀 갚았나.

날개들의 푸른 하늘
씨앗들의 어미 땅
절로 스며드는 정의 뿌리를
무슨 창칼이 동강내겠나.

피어린 장벽 뚫려
반가워라 동서남북
손잡은 봄바람 나들이 잦았겠지.

제자리로 돌아온
신라님 백제님
영·호남이 먼저 한맘 한몸 돼야
두고두고 금수강산 아닐까.

일주문

가람에서 만난 일주문
궁금하더니……
찾을 때마다 띠해 틈에 비치고
다음 천왕문
문득 겁나더니……
찾으면 반쯤 열려
가진 짐 든 채 들락거리며
마지막 불이문
밀었더니……
구름 조각 사라지고
새삼 맑은 물 소리
얼음 풀린 그늘에
해마다 새 빛 펴나도
불이문, 천왕문, 일주문마저
밖에는 없고
거듭 찾으니
아직도 승과 속은 남남이더라.

장안문

거듭 백 년 헐은 융복
벗고 새로 걸치니
집주도 서양 것 못잖고
불 뿜는 화포 따위 저리 가라
돌·벽 다진 쇠 울타리다.

세월로는 못 씻나
속 마음은 한양 나랏님
자나깨나 장안문
앞자락엔 반월형 옹성
팔달문도 함께 멋부렸다.

쓸모에 맵씨까지 솜씨 다하니
조선 성 으뜸 간단다
세계문화유산 문패가 번쩍
우리 여기까지 왔단다.

문이 준 선물

앞이 막혔어도
문은 담벽이 준 선물
길은 멀고 험해도
문이 준 선물.

바다의 깊이는 물의
산의 높이는 흙의
선물이기로
선물 하나 찾다가 보니
벽과 문 문과 길은
잘 안 맞는 핏줄
꿈과 뜻은
더 안 맞는 숨결.

끝간 데 몰라
가 볼 만한 길인가
평생은 짧아도
하루는 그리 길어
도착보다 한 번 더
출발로 입맛 다신다.

돈화문

풍악 소리보다 어쩌면 오래 사는
푸른 솔바람은 가멸한 숨결인가
비켜 가기도 겁나던 대문 찾아
—녹쓴 몸도 마음도 성하다고?
초등 동창들 모처럼 솔바람 나니
저마다 나랏님일세.

봄 속의 잔설인가
아직도 사람 위에 사람 있고
사람 아래 사람 있지만
병풍 걷힌 구중궁궐은
만인의 마당
대대손손이여 한 줄기
궁궐 향기 사람 냄새로
영생하세 탄탄 평지에서.

마음 쪽문

어둠은 아직도 닫힌 문
밝음은 아직도 열린 문.

어둠이여 고행 끝에 빛 낳고
빛이여 깨어나서 어둠 된다면……

끝없는 물음과 대답에서
지쳐 돌아온 밤은
다시 미닫이 안의 임자.

별보다 먼 마음 속
쪽문을 더듬고
나를 찾다 잠든다.

홍지문

홍지문 종로구 서울시
큰 틈 놔두면 쓰나
한강 남쪽엔 "나요, 남한산성."
강북엔 "나도, 북한산성."

국방의 요지라 삼국 이래
목숨 건 힘 자랑에
이어진 국난의 흉터
"소 잃은 외양간도 고쳐야죠."

대남문과 대서문, 대동문과 보국문
흩어진 문 가족 불러 내니
창칼은 은이요, 방패는 금
"산새랑 벌떼랑 꽃이랑 또……
이제는 낮잠도 자요."

조양문

푸른 송죽이여 길이길이
충남 홍성 홍주성은
충청 서부 지킴이.

서문 경의문, 북문 망화문
눈이 먼 세월에 씻겼어도
마저 떠날 수 없었나 동문 조양문.

지고도 이긴 의병 항쟁의
피멍든 자국이여
청풍명월 선비의 낮은 몸짓
묵묵 백여 년.

노을이나 꽃지더니
동트는 서해 시대의
물뭍 새 길 반가워
이제 성문 열고 지켜보는가.

최초의 앞문이여

최초의 앞문이여
한 번의 자국 평생의 길이여
우주에 담아도 철철 넘치는
아픈 선물이여
눈을 꼭 감아야 보이는
여는 문 닫는 문
불면증으로 여닫는 나달이여
갚지 못해도 돌아가야 하는
벌받음 없는 뒷문이여.

거적문

거적 한 장으로
골 깊은 가난은 안 덮히지
거적 한 장으로
알몸 부끄러움은 못 가리지
더군다나 병든 마음 구석은
재워지지 않아
더는 물러설 곳 없지만,

거적문 드나들면
보일까 지나온 흙길
없어서 되려 가득한
시원의 풀빛 세상
그 하늘 한 모금 그리움으로
돌아간다면 쓰디쓴 양약.

5
문을 위하여

문을 위하여

강물은
물고기를 위하여
산은
숲을 위하여
익어가는 가을은
열매를 위하여
밝은 빛은 어둠을
어둠은 빛을 위하여
하늘이여
땅 위의 뭇 날개를 위하여
그 가운데
높은 담벽은
우리 문을 위하여
오늘은 가고
내일은 이르기 위하여
하나의 아픔 영원한 걸음
모든 있음이여
위하여 문을 위하여.

사립문

여기서 산다고
그저 앞가림 슬쩍 했지.

넘고 넘어도 남는
껄껄한 보릿고개
사립짝 삐걱거려
베옷에 짚신이 짝 맞던가.

높은 어깻죽지 큰 대문도
더 먼 데의 성문도
더러 꿈자리에 솟아나지만,

무슨 죄야 있던가
팔자로 달랜 그 날들……
거듭 궂은 날
다시 넘고 예까지 온 것을.

쌍계 석문

최치원 님 붓자국 훤히 도 텄네
쌍! 계! 석! 문! 목탁 소리.

극락의 꽃 향기
지옥의 피비린내
가르빙가 노래도 절로 드나드니
점점 안팎 가시는 자리.

문짝 없는 안 뜰에
오직 길 하나
자비 광명 금강의 말씀.

촛불은 높이 머리는 낮게
찾아가란다 무명의 창을 넘어
빛 든 품으로.

능동문

오늘은 21만평
나란히 나란히
내일은 22만㎢
나라의 임자
9~9~9~ 비둘기야
꿈은 기름진 터전
마련하는 저녁엔 별을 보자
―어린이는 어른으로
―어른은 어린이로
어제는 가고
내일만 열려 온다
5대양 6대주
펄럭이는 만국기
마당마다 채우는
박수 3·3·7
출발하는 아침엔 햇님을 보자.

대서문

그래 먼저 맨손체조
마디 풀린 팔다리로
서암문 지나 소심 북문 열고 나가
백운대 위문 이어 용암문, 대동문
이어 보국문, 대성문 빠져 대남문
지나 청수동 암문, 부왕동 암문으로
또 이어 가사당 암문 다음은
드디어 대서문이요 북한산 중심 배꼽문
어지럽고 숨이 차도 녹슬지 말고
문 하나마다 무비 유한 유비 무한
복습하니 서울 진산 북한산성
하늘 아래 겹겹 철옹성 성문 왕국
모두 물렀거라 얼시구 절시구.

평화의 문

낮고 얕은 곳은
서로 그립지
그러면
낮은 곳은 얕은 곳
얕은 곳은 낮은 곳 되지.

높고 깊은 것은
서로 만나지
그래서
높은 것은 깊은 것
깊은 것은 높은 것 되지.

낮고 얕은 곳이여
높고 깊은 곳으로
이제
높고 깊은 것이여
낮고 얕은 곳으로.

출정문과 개선문

"백군 이겨라." 산은 높다
"청군 이겨라." 강은 깊다.

"너희 편 잘 한다." 분수 솟는다
"우리 편 더 잘 한다." 화산 터진다.

이긴다고 벼르던 출정문
지고 쫓겨와도 반겨 주는 개선문.

동심은 천심 하늘의 날개
계절은 지심 땅의 선물.

오늘은 아직 운동장 출정문
내일은 꼭 세계의 개선문.

안 열리는 문

밑바닥 닳지 않고
한 곳에 이르른 신발을 찾다가……

땀에 젖지 않고
먼 길을 간 발도 찾다가……

물은 흘러가도
진리는 나그네가 아닌 것을……

말씀은 아직도 멀고
소리만 가까워……

목숨 열두 뒷문

"영원의 문제는 죽음"이라던
위고는 말대로 갔지.

마지막 창을 보며
괴테는 "좀더 빛을" 그리워했지.

남은 강을 건너가던 칸트
"이제는 좋다"고 억지 웃음.

또 고개를 넘던 나폴레옹
"군대의 선두"라며 눈 감았지.

"어둡다 참으로 어둡다"고
모파상은 숨문을 닫았지.

먼 서쪽의 울림이여
온 길이 달라도
가는 인사말은 닮았네.

꿈과 신 사잇문

문 안팎은 꿈과 신 사잇길
꿈은 날개가 온몸이라
하늘이 없어도 날다가
태양과 별에 다쳐
지상에 지는 피투성이 꽃잎.

어디 계실까
신은 어쩌면 빈 광주리
내미는 손에 오직 주기만 하니
얼마나 남았을까
신은 날로 빈 샘.

그래도 꿈은 우리 먹이라
피투성이 꽃잎 날리고
그래도 우리는 또 엎드려
샘물로 목숨 추기겠지
맞아, 우리 지구촌
빛으로 살지.

문

앞을 가로막는 담벽 어딘가에
문이 있단다
문 밖은 뜻에 따라
길이 된단다.

잘 안 보이는 물 안개 속에서도
애써 길을 물으면
빛들이 날아와 반긴단다.

하늘이 높고 땅이 넓다고
천 리 물과 뭍에
무슨 지름길이 따로 있을까.

태양을 이고
새 문을 찾는 바람은 하나
바다가 그리운 푸른 강물로
한 줄기 가는 일.

※ 시집가는 딸에게 준 시.

6
조금만 갖고 가면 어떨까

조금만 갖고 가면 어떨까

우리가 한낱 불꽃이라도
영생하는 우주를 품으면 어떨까
둥근 지구도 나를 따라
돈다면 어떨까.

동트는 온 세상과
뜬 구름도 내 거라고
먼저 차지하면 어떨까.

혼자서도 단꿈 꾸는
은행 열매 익음은 또 어떨까.

목숨은 길의 임자
오직 기고 날다 다하면 어떨까.

그것들 모두 별 잣대 안 되면
제자리로 돌아와
손가락 사이로 더는 새지 않게
조금만 갖고 가면 어떨까.

없음이 곧 있음이란 물 속
깊어 안 보이지만.

가방 이야기

허리를 떠난 검정 책보
가방으로 세상과 멋부려
둘러보니 단추와 열쇠 함께
가방들 잘도 三三五五
먼저 눈에 띈 귀저기 가방은
통과의례의 축축한 짐표
영화 속을 나온 007 가방은
위기 때마다 우리를 대신하고
저 통치자 가방엔 나라가 담겨
평화를 저울질 한다지만
저마다 자신을 담은 가방 물결 속
내 가방은 이윽고 손톱과 머리칼 그릇
그리운 데서 날로 멀어지는
오늘은 낡은 모자.

꽃밭을 보며

꽃밭은 세상을 담은 그림책인가
차례를 보니
씨뿌리고 기꺼야 꿈은 펴나니
땀과 눈물로 할 일을 다한 꽃은
풍악 울리는 잔치도 어울리네
속으로 들어갈수록 늘어나는
벌레와 잡초는 역시 물리고
무리진 꿀벌과 개미 일꾼의
평생은 줄곧 바빠야 잘 산다지
다 읽고 돌아다보니
물과 불, 바람으로 기름진 땅은
영원한 어머니 품
주검을 삭혀 씨앗을 눈 뜨게
오직 주기만 하니
사랑 하나로 영생하지 않겠나
거듭 드나드니
꽃밭은 마침내 우주를 담은 그림책인가
목숨은 만 가지 뜻은 한 가지
만물은 저마다 임자가 되고 싶고
사람은 꽃이 되고 싶다네.

○○도 없이

또 문으로…… ○○도 없이
○○도 없이 높푸른 하늘
새야 ○○도 없이
○○도 없이 눈 녹은 양지 가득
큰절 받는 새 기운이여
꽃진 자죽마다 열매 더 아리고
밤이면 별 혜는 귀뚜라미야
○○도 없이 숲은 산으로
○○도 없이 강물은 바다로
가나 오나 목숨은 불꽃
여럿이 가도 불꽃은 하나
재만 남아도 불타야 하는
○○도 없이 엿보는 지구 이 쪽
○○도 없이 엿듣는 영원 저 쪽
○○도 없이 끝나 가는데
별일 아니라고 바람이 불어
그래도 솟는 해야 ○○도 없이
○○도 없이.

낙엽의 편지

어지러운 길인데
밟혀도 바서지지 않지
젓어도 썩지 않지
보게 대신해 주는
막무가네 인간들.

늦여름 꼬리 잡은 매미의
목쉰 울음 기억 안 나나
구급차와 소방차, 영구차 범벅
세상 신음 소리가.

쌓여도 밑거름도 안 되는 우리
무슨 약속을 하면 될까
인간의 돌림병이
이제는 지구 난치병……

이겨야 하는 먼 길
— 간도를 바로 보자

지금은 남이 차지한 잃은 우리 땅
조상이 심은 상록수 뿌리 깊이
들어가 보자 뿌리 속 품으로.

고조선에서 부여, 고구려, 발해로
동북아 만주 지역은 거듭 천 년
거룩한 우리 역사의 광장
나라는 가도 뿌리는 남아
피와 땀의 꽃밭 간도에
민족의 혼 끈끈하고 넉넉하다.

만주를 차지한 오랜 이웃이여
이제는 남의 역사마저 훔치는가
한때는 공맹의 등불도 들더니
약육강식의 못된 놀음 또인가.

두만강 건너 동간도를
백두산 정계비가 증명했다
압록강 건너 서간도까지 담고
황여전람도 등도 연달아 입증했다
피어린 산하 간도는 조선 땅.

바다로 가는 정의로운 강이여
오늘도 바깥 풍경 시끄러워라
그래도 우리 후손들 차례
압록강, 두만강 건너
먼저 마음 울타리 넘고
바로 보자 간도
싸움 없이도 이겨야 하는
멀고 험한 길이라
한국의 하늘 저리 높푸르다.

* 황여전람도:1719년 청에서 제작.

소나무에게

한 자리에서
안 굽고 늘 파릇하니
지구가 키운 씨앗
송진 피맛 즐겨 질긴가.

제 것 먼저 지키고
하늘과 땅 기운 나누니
있음 그대로가
보배 중 으뜸인가.

잠시 나 너의 곁살이
푸르락붉그락 물들지만
마지막 바람은
훨~훨 목숨 잿가루.

어느 날 나 너 된다면
마침내 세상은 하나
이슬만 따 먹고도
영생하지 않을까.

이웃 사촌으로 동행하지 않겠나
—일본 교과서 역사 왜곡에 부쳐

안 보이고 안 들린다고
오늘 이 자리에 없다고
지우고 고쳐 입맛에 맞춰도 되나
힘이 있다고 북 치고 나팔 불며
가선 안 되는 길을 또 가는가
일찍이 우리가 전해 준
유교와 불교의 가르침은 헛 배웠나
그래도 당신 조상들은
그것을 보배 삼아 물려줬는데
왜곡된 역사의 그물로 사로잡아
당신 후손들을 병들게 할 건가
가깝고도 먼 친구 나라여
손바닥으로 하늘을 가리지 말고
그만 제자리로 돌아와
진정 이웃 사촌으로 동행하지 않겠나
역사는 인류의 거울
거울 속 자신을 보며
우리 다시 만나야 하지 않겠나
한·일 간의 우정의 승리는
또한 아시아 평화의 단단한 밑돌.

노을문에서

노을은 못다 한 기운인가
지나고 보니
유년의 꿈은 불
노년은 물
한국, 서울, 충남, 예산……
징검다리야
목숨은 벽이요 문, 길이라
펴는 지도는 불안
옆으로 회자 돌림 기러기 연횡
아래로는 합종 외손 윤서와 태서
한, 안, 윤, 유, 박, 최, 하, 김, 이……
멀리 가까이 뭇 인연의 타래
오직 사랑과 문학에 몸 바친
수필가 송 형
오직 사랑과 음악에 영육 불사른
작곡가 김 형
한 번 가더니 그만인 그림자
그리운 이름들 감감한 천지
식염 항아리 동나 가는지
보다 영혼의 샘이여 말라 가는지

시들은 꽃에 큰 바위는
평생 스쳐 지나고
아주 지우지도 못 하여
흙가루 아닌 모래알 따끔따끔
냇물에 씻기며
지건 이기건 한 가지 놀림
문득 빈 천지 소슬한 바람
낮고 느린 이 걸음
항구 속 비바람에
아주 말다가
못 떠난 먼 길
뒤돌아보니 헛걸음 자국
어느새 돌아온 흑백 사진 임자여
한밤 울다 가는 귀뚜라미와
계절 오고 가는
깊고 깊은 지구의 이치가
어찌 이리 같은가
우리 인간사 언제 떠나도
못 갚은 짐 그래도
노을이어 못다 한 기운인가.

또 이겨 잔치 벌이세
— '붉은 악마'를 기리며

사랑은 솟아나는 끝없는 샘물
가슴에서 가슴으로 절로 드나들며
목이 마른 모래 벌판도
기름지게 꾸미지.

허전한 자리마다 가득가득
모여든 샘물이여
얼마나 그리웠나 물결치는 바다가.

낱개비는 약해도 큰 하나 되니
철철 핏줄 치며 넘치는 바다
꿈은 하늘 높이
힘은 땅 끝까지
모처럼 그 날 해냈었지.

기뻐서 흘리는 눈물로
또 이겨 잔치 벌이세
세계 속을 앞서가는
우리는 모두 '붉은 악마'
오, 대~한민국의 힘샘.

조형물 소재지

숭례문

서울특별시 중구 남대문로 소재.(국보 제1호)
조선 태조시 창건.
현존 서울 목조건물 중 가장 오래되었다.

독립문

서울특별시 서대문구 현저동 소재.
(사적 제32호) 조선 고종시 서재필의 발의로 세움.
건축 양식은 파리 개선문을 모형으로 하였다.

광화문

서울특별시 종로구 세종로 1가.
(사적 제117호)
조선 태조가 세운 경복궁의 정문.

만세문

조선 고종 즉위 40년 친경기념비각(사적 제171호)
앞문. 고종이 대한제국과 황제 칭호를 쓰게 된 것을
기념하여 세웠다.

충의문

충남 아산시 염치읍 방화산 밑.

충무공 이순신 장군의 추모 사당인 현충사(사적 제155호) 문. 충의문을 지나면 나무대문 충무문이 나온다.

금정산성문

부산 동래구와 부산진구에 걸친 금정산 산성문(사적 제215호) 삼국시대 산성. 특히 왜구 방비 등 국방의 요지. 4대문 중 가장 크다.

사직단 정문

서울특별시 종로구 사직동 소재. 사직단(사적 제121호) 조선 태조시 세우고, 고려의 예를 따라 토신과 곡신을 제사 지낸 곳이다.

광희문

서울특별시 중구 소재. 속칭 시구문 수구문.

조선 태조가 도성 축조시 세움.

서소문과 함께 시신을 내보내던 문.

흥인지문

서울특별시 종로구 종로 6가 소재.(보물 제1호)
조선 태조시 창건.
숭례문과 함께 서울을 대표하는 조선의 성문.

삼랑성 동문

경기도 강화도 정족산 삼랑성(사적 제130호)의 동문. 강화도는 고조선, 고려, 조선을 이은 우리나라의 대표되는 사적지로 꼽힌다.

문경관문

경북 문경읍. 소백산 조령의 조선시대 관문.(사적 제47호) 국방상 요지로 왜란 후 3개 관문을 세웠으며, 조선시대의 과거길로도 유명하다.

나제통문

전북 무주 구천동 33경 중 제1경.
삼국시대 신라와 백제의 국경선인 석모산 암벽을 동서로 뚫은 문.

장안문

경기도 수원시 장안동 소재.
수원 화성(사적 제3호)의 북문.
남문인 팔달문 등 4개문이 있다.

돈화문

서울시 종로구 와룡동 소재.
창덕궁(사적 제122호)의 정문(보물 제383호)
조선 태종시의 이궁.
우리나라 유일한 궁궐 후원인 비원이 있다.

홍지문

서울 북한산성의 방어시설 보완을 위해 '오간대수
문' 및 '서성'과 함께 건립.
(서울시 유형문화재 제33호)

조양문

충남 홍성읍 소재, 홍주성(사적 제231호) 성문.
삼국시대 축조. 조선 문종시 수축.
한말 의병들의 봉기. 순교지. 부근에 '홍주 의사총'
이 있다.

쌍계석문

경남 하동군 화개사의 석문.
경상, 전라의 경계를 이루는 섬진강과 화개시장 등
이 곁에 있다.

대서문

서울의 진산 북한산성(사적 제162호)의 중심문.

능동문

서울특별시 광진구 어린이 대공원 동쪽문.
어린이 헌장 제1조(공원 내 비석)
"어린이는 건전하게 태어나 따뜻한 가정에서 사랑
속에 자라야 한다."